AF360077

28 Avril 1906.

VENTE

HOTEL DROUOT — SALLE N° 10

Le Samedi 28 Avril 1906

A DEUX HEURES 1/4

MEUBLES & BRONZES

Époques et Styles XVII° et XVIII° Siècles

BUSTE EN MARBRE, d'Irène de SPILIMBERG

TABLEAUX

DESSINS, MINIATURES, GRAVURES

TAPISSERIES ANCIENNES, TENTURES

Mᵉ F. LAIR-DUBREUIL
COMMISSAIRE-PRISEUR
6, rue de Hanovre, 6

M. Arthur BLOCHE
EXPERT PRÈS LA COUR D'APPEL
51, rue Saint-Georges, 51

EXPOSITION PUBLIQUE

Le Vendredi 27 Avril 1906, de 2 heures à 6 heures

IMPRIMERIE ARTISTIQUE
C. CHARDON
RUE MILTON 8.10
PARIS

CONDITIONS DE LA VENTE

La vente sera faite expressément au comptant.

Les acquéreurs paieront 10 0/0 en sus des enchères.

L'exposition mettant le public à même de se rendre compte de l'état des objets, il ne sera admis aucune réclamation une fois l'adjudication prononcée.

DÉSIGNATION

MEUBLES

1 — Commode en marqueterie de bois à fleurs, oiseaux et papillons, ornée de bronzes dorés dessus marbre jaune. Epoque Louis XV.

2 — Commode en bois satiné ornée de filets de cuivre chûtes, sabots et entrées de serrures en bronze doré. Epoque Régence.

3 — Grand bureau plat Louis XV à deux tiroirs en marqueterie de bois de rose et de violette, encadrement et chûtes en bronze doré.

4 — Petite commode de l'époque Louis XVI en marqueterie de bois de couleurs à losanges et fleurettes ornée de bronzes ciselés et dorés (les bronzes sont en partie de l'époque).

5 — Commode Louis XV en marqueterie de bois à losanges ornée de bronzes, dessus en marbre gris.

6 — Siège de carrosse de l'époque Louis XIV en bois sculpté et doré, transformé en chaise américaine.

7 — Petite servante Louis XVI en acajou, dessus marbre blanc.

8 — Petit cabinet ancien en laque s'ouvrant à tiroirs et porte au centre, posant sur un support en bois noir.

9 — Petit régulateur en acajou orné de bronzes ciselés et dorés, en partie, de l'époque Louis XVI.

10 — Deux gaînes en marbre blanc ornées de bronzes dorés.

11 — Petit meuble Louis XVI en bois de placage ouvrant à un vantail, avec tablettes sur les côtés, encadrements, à perles de cuivre.

12 — Glace Louis XIII en bois d'ébéne et écaille.

13 — Glace ancienne avec encadrement en bronze doré.

14 — Vitrine à étagère en bois sculpté à ornements de bronzes ciselés ; fond de peluche rouge. Style chinois.

15 — Petite table en noyer, à volets aux extrémités ; pieds à entrejambe.

16 — Grande banquette, pieds en bois sculpté.

17 — Sèche-cigares en bois noir incrusté de nacre ; intérieur en acajou.

OBJETS D'ART

18 — Beau buste en marbre, représentant Irène de Spilimberg.

19 — Pendule de l'époque Empire, représentant une femme tenant une branche de lys, socle en bronze doré, mouvement signé LEPAUTE à Paris.

20 — Grande pendule en marqueterie de cuivre sur fond d'écaille ornée de bronzes ciselés et dorés. Epoque Louis XV.

21 — OEil de bœuf Empire en bronze ciselé et doré, avec cadran en émail bleu ajouré.

22 — Paire de grands chenêts Louis XIV en fer forgé, ornés de figurines d'amours en bronze.

23 — Paire de chenêts persan en bronze ciselé et gravé.

24 — Grande glace, cadre en bronze avec applique à trois lumières.

25 — Grand lustre Louis XIII en bronze ciselé et ajouré.

26 — Lustre flamand à six lumières en bronze, orné d'aigles au couronnement.

27 — Pendule Louis XIII en ébène, chapiteau en bronze ajouré cadran à cartouches.

28 —· Pendule en vernis Martin avec son socle.

29 — Grande pendule en marqueterie de cuivre et d'écaille, garnie de bronzes dorés. Style Louis XIV.

30 — Paire de candélabres du même style allant avec la pendule.

31 — Deux enfants en bois sculpté, époque Louis XIV, posant sur gaines.

32 — Pendule surmontée d'une statuette de Diane chasseresse, mouvement signé COLIN, à Paris. Epoque Empire.

33 — Pendule Empire forme gaine, mouvement de DUBOIS à Paris, posant sur socle en marbre jaune de Sienne.

34 — Pendule représentant le repas du chasseur, posant sur un socle en bois noir. Epoque Louis XVI.

35 — Petite pendule Empire en bronze doré.

36 — Paire de candélabres formés par des statuettes de femmes supportant des vases à trois lumières, posant sur socles en marbre.

37 — Paire de candélabres Louis XIV en fer
forgé, à rinceaux et feuilles de lauriers.

38 — Paire de flambeaux Empire formés par des
statuettes de femme supportant une lumière.

39 — Paire de candélabres formés par des statuettes de Génie, supportant des bouquets à
trois lumières en bronze doré et posant sur
socles en bronze patiné et doré. Style Empire.

40 — Paire de flambeaux anciens en étain.

41 — Deux flambeaux en étain.

42 — Paire de flambeaux Louis XV en cuivre
repoussé.

43 — Paire d'appliques à cinq lumières en cuivre
repoussé et argenté.

44 — Deux tableaux en marqueterie de bois des
iles représentant des paysages.

45 — Paire de candélabres Empire à trois lumières en bronze doré, posant sur socles triangu-
laires.

46 — Surtout de table Louis XV en bronze argenté.

47 — Grand plat en bronze patiné Renaissance.

48 — Deux bidets en vieux Rouen.

49 — Samovar en cuivre rouge.

50 — Grand socle Louis XIV en bronze.

51 — Quatre motifs Louis XVI forme palmes en bronze doré mat.

52 — Deux statuettes en bronze : le Jour et la Nuit, signées MICHEL-ANGE.

53 — Cache-pot en bronze ancien de Chine.

54 — Socle de forme carrée en fer forgé à fleurs de lys.

55 — Fragment de bas-relief en bronze doré, représentant trois enfants jouant de la trompette.

56 — Boîte à jeux chinoise.

57 — Petite glace en bois sculpté. Epoque Louis XIII.

58 — Fronton de glace Louis XIV en bronze.

59 — Cartel en bronze offrant dans le bas un thermomètre. Époque Empire.

60 — Deux appliques de meuble en bronze, représentant l'Automne et l'Hiver.

61 — Petit surtout Louis XVI en bronze ciselé et doré.

62 — Brûle-parfums persan en cuivre gravé.

63 — Deux importantes cariatides en bronze ciselé (Midas). Epoque Louis XIV.

64 — Pendule borne, en marbre noir, sujet en bronze : l'Amour et Psyché, socle en marbre à moulures de bronze. Commencement du XIXe siècle.

65 — Groupe en bronze : le Pape Léon XIII bénissant.

66 — Statuette en bronze : le Réveil, de DROUOT.

67 — Chien de chasse à l'attache, bronze de
P.-J. Mène. Edition de Barbedienne.

68 — Buste de Socrate, bronze de Barbedienne,
socle en marbre vert de mer.

69 — Garniture de cheminée en bronze argenté
composée de : une pendule forme monument
et deux candélabres à bustes de femmes supportant sept lumières.

70 — Grand lustre hollandais en cuivre, à vingt-
quatre lumières.

71 — Suspension de salle à manger en bronze
doré à douze lumières.

72 — Plateau en métal argenté et gravé.

73 — Saucière en porcelaine blanche décorée de
bouquets de fleurs.

74 — Deux peintures sur porcelaine : Louis, dau-
phin de France. Marie Thérèse d'Autriche.

75 — Bouteille en faience jaune décor de dragon
en relief.

76 — Deux bouteilles en verre décorées de sujets
flamands.

77 — Lampe à colonne en tôle garnie de bronzes. Premier Empire, disposée pour l'électricité.

78 — Fusil ancien, monture en argent.

79 — Fusil marocain.

80 — Service de brosses de toilette en ivoire, chiffre en argent.

81 — Lot de vitraux.

82 — Haut relief en cuir, représentant l'Assomption de la Vierge.

83 — Buste en terre-cuite représentant une femme du xviii° siècle.

84 — Buste de femme en marbre en costume Louis XVI (avec fractures).

85 — Petite horloge ancienne de poupée, plaque en cuivre repoussé.

86 — Petit buste de femme en marbre, travail ancien, socle en bois.

87 — Petit groupe d'enfants en biscuit.

88 — Chaise à porteurs de poupée Louis XV, en acajou.

89 — Plat ovale en faïence de Pull, la Belle Jardinière.

90 — Vase en ancienne porcelaine de Paris, décoré de trophée d'instruments champêtres et rehauts d'or, socle en bronze doré.

91 — Buste de Sainte, en faïence de Nevers.

OBJETS DE VITRINE

92 — Trois miniatures sur ivoire : La Famille Impériale. Cadre en bronze, fond de velours.

93 — Trois miniatures sur ivoire : Madame Elisabeth, Marie-Antoinette, Madame de Lamballe. Cadre en bronze, fond de soie brochée.

94 — Miniature sur ivoire : portrait de Madame de Chambure. Cadre en bronze fond de velours.

95 — Miniature sur ivoire : portrait de M. de Chambure. Cadre en bronze, fond de velours.

96 — Boîte ovale en cuivre ciselé Louis XVI, ornée d'une miniature : portrait de femme.

97 — Boîte à ouvrage en laque.

TABLEAUX, DESSINS
GRAVURES

98 — BLUM (MAURICE). La Blonde.

99 — BRUNEL-NEUVILLE. Chats.

100 — CALVÈS. Chevaux attelés.

101 — CHAMPAIGNE (Genre de PHILIPPE). Portrait d'homme avec collerette.

102 — CHARPENTIER (Attribué à). Les Marchands de Paris.
Deux dessins gouachés dans un même cadre.

103 — FOY (EMILE). Femme.

104 — FRAGONARD (Ecole de). Paysage avec pont.
Dessin à la sépia.

105 — GROPÉANO. La femme aux cheveux d'or.

106 — ISABEY (Genre de). La sortie du port. Marine.

107 — LAVIELLE (Eugène). Paysage avec cours d'eau.

108 — LERY (Jean). Le Pont Neuf.

109 — MIGNARD (Ecole de). Portrait de femme en costume brodé recouvert d'un manteau rouge.

110 — MONTICELLI (Genre de). Réunion dans un parc.

111 — NEEFS (Genre de Peter). Intérieur d'église.

112 — PRUD'HON (Ecole de). Bacchant et Bacchante.

113 — QUINTON. Le Pêcheur.

114 — RAFFAELLI. La Belle Luisa, chef d'orchestre des Dames Hongroises.

115 — RENARD. Vase de fleurs.

116 — RIGAUD (Ecole de). Portrait de gentilhomme à perruque, enveloppé dans un manteau de velours.

117 — RUBENS (Ecole de). La visite des amours
à la cour de Ferrare.

> Cadre en bois sculpté et doré.

118 — RUBENS (Ecole de). Jupiter visitant Vé-
nus.

119 — RUYSDAEL (Attribué à JACOB). Pleine
mer, temps d'orage.

> Cadre ancien en bois sculpté et doré.

120 — SANCHEZ Le Marché aux chevaux.
D'après ROSA BONHEUR.

121 — WESTALL (D'après). Première entrevue
du comte d'Essex avec la reine Elisabeth,
après son retour d'Irlande.

122 — WESTALL (d'après). Le Bienfaisant Car-
dinal.

> Deux gravures anglaises en couleurs de Ward

123 — ECOLE ANGLAISE. Portrait de jeune
fille coiffée d'un grand chapeau de paille,
caressant un chien.

124 — ECOLE FLAMANDE. Saint Jean-Bap-
tiste.

> Cadre en bois sculpté.

125 — ECOLE FRANÇAISE. Portrait de dame avec cheveux à longues boucles, corsage noir décolleté.

126 — ECOLE FRANÇAISE. Portrait de femme tenant un petit chien dans ses bras.

127 — ECOLE FRANÇAISE. Portrait de femme en costume Marie-Antoinette.
Pastel.

128 — ECOLE FRANÇAISE. Henri IV chez Gabrielle d'Estrée.

129 — ECOLE FRANÇAISE. Le petit peintre.

130 — ECOLE FRANÇAISE.Le culte de l'amour.

131 — ECOLE FRANÇAISE, XVIIIᵉ SIÈCLE. Portrait d'un Conventionnel, en habit bleu et gilet rouge.

132 — ECOLE FRANÇAISE DU XVIIIᵉ SIÈCLE. La jeune fille aux oiseaux.
Belle sanguine.

133 — ECOLE FRANÇAISE, XVIIIᵉ SIÈCLE. Rendez-vous d'amoureux.
Panneau décoratif.

134 — ECOLE HOLLANDAISE. Les bords de l'Escaut.

135 — ECOLE HOLLANDAISE. Paysage avec figure et cavalier.

136 — ECOLE MODERNE. Tête d'homme. Etude.

TAPISSERIES — TENTURES

137 — Deux beaux panneaux en ancienne tapisserie au petit point, représentant des vases au milieu de rinceaux feuillagés. XVIIe siècle.

138 — Deux cantonnières en ancienne tapisserie d'Aubusson, décor à draperies enguirlandées. (Parties restaurées).

139 — Feuille d'écran à médaillon en ancienne tapisserie d'Aubusson.

140 — Morceau de bordure en ancienne tapisserie.

141 — Panneau en soie brodée : Sujet funèbre.

142 — Objets omis.

www.ingramcontent.com/pod-product-compliance
Lightning Source LLC
LaVergne TN
LVHW012158170726
843503LV00009B/4252